공중으로 흩어지는 소리는 배고프다

시작시인선 0560 공중으로 흩어지는 소리는 배고프다

1판 1쇄 펴낸날 2026년 3월 31일

지은이 최종녀
펴낸이 이재무
기획위원 김춘식, 유성호, 임지연, 차성환, 홍용희
편집 이호석, 박현승
편집디자인 김지안, 장수경
펴낸곳 (주)천년의시작
등록번호 제301-2012-033호
등록일자 2006년 1월 10일
주소 (03132) 서울시 종로구 삼일대로32길 36 운현신화타워 502호
전화 02-723-8668
팩스 02-723-8630
블로그 blog.naver.com/poemsijak
이메일 poemsijak@hanmail.net

ⓒ최종녀, 2026, printed in Seoul, Korea

ISBN 978-89-6021-846-8 04810
       978-89-6021-069-1 (세트)

값 11,000원

공중으로 흩어지는 소리는 배고프다

최종녀

천년의 시작

시인의 말

내 얼굴이 이 안에 있다

빛이 오면 나는 거울 뒤편 어둠 속으로 숨곤 했다

2026년 3월

최종녀

차 례

시인의 말

제1부   길 위에서

제1부   길 위에서

캐리어

굶주림이 사방을 두리번거린다

검은 산처럼 들어앉은 아귀밥통

먹어도 먹어도 결핍은 또 다른 허기를 불러와 뱃속과 내
장 구석구석 욱여넣는다 찌그러지고 일그러진 표정, 낯선
어둠 속에서 색 잃은 그림자끼리 엉키고 끌어안는다 두드
려 패도 끊임없이 튀어 오르는 두더지 게임처럼 타협되지
않는 고집

찰칵, 문이 닫히는 순간
안심의 초록 불이 들어오기 전
X-ray에 몰래 찍히는 속내
손으로 가릴 수 없는 붉어진 얼굴

두 손으로도 들 수 없는
욕망의 무게가
돌고 도는 컨베이어 벨트 위로
둔탁한 비명 지르며 굴러 떨어진다

진달래 일식

헐떡헐떡거친숨몰아쉬며매봉정상향하는길
캔커피포카리스웨트막걸리생수
머리보다높게층을이룬짐더미를등에진남자

지구 주위를 현기증 나도록 공전할지라도 허공에서 아무
리 혼자여도 무거운 짐을 지고 산을 오르는 것보다 낫겠네
비틀거리며 쓰러질 듯 아슬하게 저리다

산에서는 그림자가 거울이다

기운 등에 악착스럽게 매달린 것들 엷은 꽃잎에 가려
밝아졌다 어두워졌다 얼굴 내밀다가 감추다가
색 없는 색으로 섞이며 흔들리고

태양 빛 야금야금 밝은 낮을 그림자로 물들이는 진달래
조금씩 영토를 넓혀가더니 이내 지게 진
남자를 서서히 품는다

18년 11일 8시간*만에
해와 달이 만나는 하늘 아래서

이생에 한 번 더 만날지 알 수 없는 심장
뜨겁게 껴안자 세상이 까맣게 지워진다
잠시 쉬어가도 괜찮아 진달래가 남자를 끌어안는다

* 사로스 주기 : 18년 11일 8시간을 주기로 해와 달이 겹치는 현상.

갈라지는 바다

뾰족한 걸음으로 한 발자국씩 조심스레
바짝 마른 바지락 껍질에 발이 베일까 봐

누가 지나갔는지 알 수 없는
물속에 잠긴 뭍을 따라 거슬러 올라간다

팔레트에 물감이 퍼지듯
한때 이곳에도 꽃이 번졌을 것이다
밀물과 썰물의 경계에 선을 그으며
숲이 되지 못한 바다의 사정을 더듬는다

모퉁이에 오래 서 있지 못하는 발처럼
이정표 없는 물결

눈을 감으니
바다가 움직이기 시작한다

파도는 추위를 모르고
심장 소리는 서로에게 닿지 않는다
며칠씩 않는 아물지 않는 통증

잠시 멈춘 물의 맥박은 누구의 안부도 묻지 않는다

아랫입술을 깨물면
물새 울음소리 커지고

허공으로 부서지기 전에 돌아온 침묵

눈 깜짝하는 사이
두 쪽으로 갈라지는 바다
외발로 선 그림자, 멀어진다

적멸보궁 가는 길

염불 소리 귀에 꽂고
묵언 수행하는 숲 그림자

부도탑 얼굴 스치는 바람
피나물꽃으로 노랗게 번지다가
미나리냉이꽃으로 하얗게 흔들리네

각다귀처럼 끈질기게 따라오는 잡념 불에도 타지 않는
욕심 뒤끝 길었던 미움의 꼬리 형형색색 품은 연등이 비추
는 외길을 오르네 메탈스틱 소리 거칠어지는 숨소리가 산의
심장 두드릴 때 숲의 속살은 멍들어 푸르게 깨어 있는 저녁

하얀 구름으로 부유하는 사유의 끝
밟고 올라선 신성한 땅에서

간절한 기도로 피어난 연등
빛깔을 지우며 둥근 그림자로 내려앉고

아름다웠던 번뇌
고요까지도 활활 태워

불멸의 사리꽃으로 머무는 그 자리

간이역에서

기차는 여덟 시에 도착하지 않았네

어둑해지다가 캄캄한 밤으로 빠지는 바다

안내판이 없어 어느 쪽에서 남쪽으로 가는 기차를 타는지
북쪽으로 가는 기차를 타는지 모르는 간이역

기차가 안 서고 지나칠까 봐

그럼 난 어디로 가는 거지
울어버릴지도 모르는 미아가 되어

캘이라는 어느 별자리 언저리에 있겠지

어제는 하현달이었어
오늘 밤은 더 어두워질지도 몰라

그 자리에 그대로 서 있으면 별자리가 내 목 뒷덜미를 잡
고 어디론가 도망칠 것만 같아

그럼 난 또 다른 미아를 찾아 나설 거야 분명 어디선가 울
고 있는, 툇마루 끝에 걸터앉아
카시오페이아로 북극성을 찾고 그 반대쪽으로 한없이 내
려가면 천사의 도시에 가 닿겠지

프리다 칼로처럼 고통 속에 뼈를 심고 앉아 있다가
빛줄기를 찾아 허우적대다가
겨우 자리 잡은 기차 안

어디가 어디인지 안내 방송도 없고
깊고 깊은 어둠 멍하니 바라보는
'상처 입은 사슴'
방향 잃은 눈 속 바다만 출렁이고

비포장도로

먼지를 뒤집어쓴 시야 충혈된 눈을 뜨고 애써 먼 곳을 본
다 소실점은 다가오지 않고 뒤로 밀리는 풍경만큼 앞으로
멀어진다

먼지가 번진다 바람이 흙바닥을 쓸면 통밀 가루처럼 뽀
얗게 일어나는 속 쓰림의 하루, 그림자 사이로 모습을 드러
냈다 숨겼다 하면 잔모래가 불어닥친 눈동자엔 불안한 불빛
이 흔들린다—오래된 기차역의 출발 신호

플랜 A가 아님을 확인한다 모처럼 차분해지는 밤 가늘고
진노란 새벽의 오줌처럼 옆구리 통증은 어김없이 찾아온다

이것도 저것도 아닌 결국 그것일 수밖에 없어 선택된 길
너무 빨리 갈까 봐 급히 가다가 체해 토할까 봐 빗물에 젖고
햇빛에 누렇게 바래고 터덜거리며 끌려간다

플랜 B의 야무진 입술
덜컹, 흔들리면 잠이 깨고 쿵, 소리에 정신을 차리면서
폴폴 날리는 먼지처럼 어디든 서둘러 가지는 않는

방황

   빨강에서 초록으로 신호가 바뀌는 순간 세상은 빠르게 움직인다 철새처럼 모였다가 흩어지고 직선으로 대각선으로 쌓였다가 점점 사라지는 시야 울림통 없는 몸에서 새어 나오는 소리 먹구름 속으로 걸어 들어가며 급히 쏟아내는 소낙비 교차로에 발을 딛는 순간, 멈추면 죽는다

속도와 방향이 겹치는 이곳
부르튼 발엔 염증이 일어선다

   알록달록한 우산의 눈물이 가지런한 흑백의 빗금을 두드린다 화음 없이 미끄러지는 리듬은 오르가슴이 없다 여름과 겨울 하이힐과 레인부츠가 섞이고 '감사합니다'와 '아리가또 고자이마스'가 시부야 스크램블 교차로에 출렁인다 초록의 점멸이 등을 밀어낸다

주소가 지워진 나의 목적지
빨간 신호등 앞에 난 그냥 서 있다

비 오는 날

실내에 들어갈 땐 물기를 털 것
구석이나 한가한 곳에 놓지만 이를 꼭 기억할 것

아무 곳에도 쓰여 있지 않은 규칙, 사람들이 철저히 따
르는
그러나 당신은 아무 생각 없이 나를 놓고 식당 문을 나
선다

낯선 후미진 구석에 남겨져
다소곳이

가지런히 주름잡아 같은 색의 가는 줄로
염을 하듯 꼭꼭 묶인 몸
1센티미터의 여유도 없다
축축한 느낌으로 가늘게 떨리는 고요

내 안에 아직 천둥 번개가 있나

고개를 뒤로 젖히며 발을 굴러 빠져나가려 해도
나를 잡아 줄 손이 없어, 제기랄

욕이 나오다가

주변 사람들에게 친절해야 한다던 당신을 생각한다

가장 높은 곳에 나를 받쳐 들던 손
비밀은 없다고 빗물처럼 쏟아붓던 말

먹구름이 다시 몰려오고

약속도 없는데 당신을 다시 볼 것 같은 기대
이토록 의연해 보였던 원망
형체도 없이 흘러내린다

사라진 길

1
돌고 돌다가 멈춘 모퉁이엔 흑백 사진처럼 빛바랜 간판
깨진 유리 창문을 덧댄 끈기 사라진 테이프

사각의 스크린은 갈림길에서 주저 없이
나를 보낸다 최단 거리로

그림자 따라 일그러지는 차들의 실루엣
좌표 한 줄 위에 갇힌다

뒤돌아보고 머뭇거리면 앞으로만 가라는 일방적 지시
화면을 끄면 풍경의 이면은 지도 밖으로 밀려난다

절룩거리며 흐릿하게 내게로 다가오는 길

2
축축한 불빛 아래 멈춰 선다
기억 속 골목으로 들어가지 못한다

된장찌개 구수함은 아직 따뜻하고

내비게이션 오류에 지친 사람들은 언성을 높인다
이 자리가 그 터였노라고! 개발되어 바뀌었다고!

여전히 그 길
그 사람을 찾아 기억 속 회로는 헤맨다

똑같은 어조로 되풀이되는 안내
내비게이션의 실종된 겸손에 고개를 젓는다

저항은
사라진 골목 어딘가에서
여전히 냄새로 남아 기웃거린다

아잔*

광장을 출렁이는 고함 미너렛 첨탑에서 터져 나온다 느려
지는 발걸음이 고개를 들면 사라지는 그 울림, 멈칫

다듬어지지 않은 그 소리 보스포루스 해협 물결 속 어둠
으로 빠져들다가 새벽을 깨운다 아무 일 없었던 듯 하지만
결코 사라지지 않을

이쪽에서 이슬람 기도시간을 알리며 악을 쓰면 블루 모
스크 저쪽에서 받아치는 메아리, 돔을 붉게 적시다가 군옥
수수처럼 거뭇거뭇 노랗게 익다가 터키 아이스크림처럼 쫄
깃하게 흘러내린다

커다란 곡선 그리듯 등고선을 넘나드는 음성은 각이 없다

들여다 볼 수 없는 표정
쓰지도 달지도 않은 맛

아야소피아의 둥근 돔을 감싸며 알 수 없는 세계로 빠져
드는
종착역이 없는 소리

난간에 걸쳐 있는 하루하루
무심히 구겨 버린 종이쪽 같은 화해를 위해
모스크 앞에서 손과 발을 닦는 사람들

아잔의 여운은 서서히 가라앉는다

* 이슬람 사원에서 기도 시간을 알리는 외침 소리.

틈의 저편

그는 쉽게 들어갔다, 가늘고 긴 틈

감시의 눈을 피해 어둔 구석에서 웅크리는 몸 얼핏얼핏
보이다가 사라지다가 소리에 민감하던 그가, 이제
　저편에서 팔짝팔짝 뛴다

얇은 벽 사이로 바람이 드나들고 소리가 새고
알 수 없는 소문에
우리는 좁은 틈 사이로 서로 바라본다

이쪽이 해 뜨는 동쪽이면 저쪽은 달이 떠오르는 서쪽일
거야
　거울처럼 마주 선 우린 좌우가 바뀌었을 뿐 아무것도 변
한 것이 없지 똑같이 허기를 느끼고

귀뚤귀뚤 신호를 보낸다

네가 아무리 절규해도 난 그곳으로 갈 수 없어

좁은 틈에 고정된 시선

말없이 오가는 수신호
틈으로 들어간 빛은 반사할 줄 모른다

내어주지 않는 소유욕
저편의 모든 것이 흐릿하네

멀어짐의 시작일까
닿을 듯 가깝지만 들어갈 수 없는 곳
낯익던 존재가 낯선 비밀로 숨는

먼지의 잠

손가락 없는 손이 서로의 끝자락을 붙들 때 느슨하게 엉
키는 몸

창틈으로 새는 햇빛 아래서 온몸을 고스란히 보여주다가
순간, 하루살이같이 사라지기도
무관심이라는 이름으로 버림을 받기도 했지

밤이면
숨어 기는 벌레의 가는 다리에 걸려 끌려가다가
옆집 아기 쉬지 않고 칭얼대도
잠든 척

얼마나 먼 곳에서 왔을까

불만으로 가득 찬 하루
욕 한마디 못하는 목소리로 허공을 휘젓다가
누구에게도 들키지 못할 구석에서
소리 내지 않고 기도를 한다

미처 고백하지 못한 죄처럼 엉겨 붙은 마음

바깥을 볼 수 없는 이곳이 종착지가 아니라면
그의 잠은
촘촘하게 꿰매지 못한 수술 자리처럼 욱신거릴지라도
내일을 걱정하지 않는다

생각의 가지 끝을 끌어안고
듬성듬성 뚫린 구멍으로 흑백의 꿈을 엿보며
벌거벗고 있을 뿐

모래꽃

공중으로 흩어지는 소리는 늘 배고프다
바닷소리와 바람 소리가 섞여 비늘 문양이 새겨지고 어두
워진 갯벌은 파도 소리에 잠이 깬다

파랑에 흔들리며 파랑으로 물들지 못하고 퇴적된 신두리
해안 사구 바람만이 그릴 수 있는 가지런한 줄무늬

모래가 움직인다, 공기의 흐름대로
아무도 없는 벌판에서 발버둥조차 칠 수 없는 자유
햇빛의 감시 아래 그늘조차 없어 목마르다
요란하게 한바탕 뒹굴다가 표정 없이 하얗게 질린

소리 질러도 다시 찾을 수 없는 발자국
어떤 글씨로도 마구 쓸 수 없는 갈증
까슬까슬한 맨살과 맨살 틈으로 파고들더니
반짝이는 꽃, 핀다

기억의 굴레를 벗어나
얽히는 뿌리도 없이 누군가의 가슴에 하나씩 박히는
숨 쉬지 않아 영원히 늙지 않는
꽃말이 없는, 무채색의 꽃

제2부 몸의 불안

관계

　그는 온몸으로 나를 때렸다 나는 몇 번을 더 두들겨 맞고
모래까지 흠뻑 뒤집어쓰며 탈출했다 출렁이는 물도 겨우 넘
었다 무정형의 그린, 꽂혀 있는 깃발이 유일한 타겟이다 눈
으로 걸어 들어온 풍경은 조각나고 굴절되어 다시 나간다
벽에 걸린 액자가 비뚤어지면 5밀리미터의 오차도 없이 바
로 잡는 그의 눈 오늘은 불안하다 그 눈동자 속 창백하게 앉
아 있는 나는 처분만 기다리는 죄인, 작은 흔들림도 용서가
안 되는 108밀리미터의 홀컵 앞에서 차분히 명상에 빠지고
그는 번뇌에 휩싸인다 심리적 거리는 흔들리고 물리적 거리
는 당당하다 어디든 굴러가는 것이 나의 본성 자유롭고 싶
은 천성 그는 거리와 각도를 계산하고 속도를 조절하며 홀
컵과 타협한다 그와 나 사이 간극은 가까워졌다 멀어지기를
반복하는 번뇌의 블랙홀

물고기가 되었지

불안하다, 이름이
합격자 명단 앞에서 갈기갈기 찢긴 희망이 머릿속을 휘
젓는다 태연한 척 마음을 다잡고 다잡아도 무너지는 모래
알 같은 매일

어디론가 맹렬하게 도망치던 어느 날
출렁거리는 것만 보였다
뱃멀미 같은 울렁거림 아뜩한 현기증 오면
물살 한 켜 두르고
구름 그림자 아래 숨어들었다
창백한 얼굴로
눈 동그랗게 뜨고 세상일은 모르는 척

물고기가 되었지

깊은 물속이 내 집인 듯 수초 출렁이는 바위틈에서 춤을
춘다 서로에게 들러붙는 말들 찌르는 표정들 악쓰고 소리
질러도 이유를 묻는 사람이 없네 물에 젖어 축 늘어진 스펙
들 날카로운 인터뷰 질문조차도 어둠과 밝음을 가르지 못하
는데 이름 석 자는 물결에 흔들리고

물과 물 사이에는 벽이 없다
서로의 빛으로 서로를 물들이며
비늘과 비늘 사이
한 켜 한 켜 생각을 키우고
눈물 글썽이며 울지 않네

나를 궁금해하는 사람 없어도

고등어 나무

모여든 사람들은 큰 눈을 이쪽저쪽으로 굴린다

대답 없는 꼬리를 따라
바람이 분다

은빛 차가운 겉옷을 걸치려 해도
미끄러져 내리고
통통한 몸에 하나둘 늘어 가는 물결무늬

여름 가을 그 어디쯤인 줄도 모르고
내뱉는 숨, 조각난 바다 냄새처럼 비릿하다

파르르 떠는 작은 잎새들
꽃받침 닮은 지느러미 사이를 비집고
껌뻑이지 못하는 눈에 내리쬐는 햇빛
빗방울이 굵어져도 돌아눕지 못하는 가지 끝
사람들은 긴 막대를 하늘로 뻗는다

아직 푸른 몸, 하나

퍼덕이는 몸부림은 나뭇가지를 헤집고
빛이 있는 어둠 속 헤엄치며
뻐끔뻐끔 짠맛을 뿜어낸다

비늘이 없어 늙을 줄 모르는 나무
누군가의 그늘이 되어 주는 호흡, 가늘게
잠시 떨고 있을 뿐

비가 오지 않아도 목마르지 않다

압축팩

가슴이 포개지고 어깨깃이 납작해지고
사지가 쪼그라들며 몸통이 줄어든다
쌓였던 눈 녹듯 스르르 내려앉는 패딩

기억이 지층처럼 눌리고
높낮이 없는 음이 소리 내지 못할 때
하고 싶은 말들은 거리를 헤매지도 못하고

몰려드는 먹구름 사이로 고개 내밀다
보이지 않는 하늘 뒤로 숨는 마지막 한숨
그 숨조차 빨아들이는 펌프
여유 없이 짜내고 또 짠다

등고선이 겹겹이 접혀
굵은 힘줄만 남듯
심장이 쪼그라들수록
겨울의 굳은 잔상만이 남는다

거위 털 틈에 끼어 있던 먼지 묻은 숨을 꺽꺽 토해 낸다
들숨이 없고 날숨만 있을 때 목숨이 다한 거라는데

나간 숨은 돌아오지 않는다

맞아, 거위는 죽었거든

궁금하다

디저트가 나왔다
포동포동한 갈색 피부 갈라진 틈으로 뽀얀 살이 이쁜 표
고
나이프로 반 자르는 순간 입을 앙다문 팥앙금
으악, 표고가 아니었네!

아이스크림과 젤라토 사이에서 무얼 먹을지 머뭇거릴 때
슈크림으로 속을 바꾼 황금잉어빵이 몸값을 올려 거리
를 헤엄친다
쓴웃음과 너털웃음 사이로 새어 나오는 농담과 진담
낮은 문턱으로 미끄러지고

경계란 원래 모호하다는 듯
모두 맞는 것 같고 틀린 것 같기도 하다

생 표고와 디저트 표고
서로 진짜라고 우기며 머리 쥐어뜯는다
의심부터 하는 게 사람의 본성 아닐까
길이졌다 짧아졌다 하는 내 그림자
빛의 각도에 따라 정체성을 바꾸는 윤곽

진짜와 가짜의 경계는 어디쯤인가
진짜 있기는 한 걸까, 진짜

아무도 모르는

시간이 지날수록 단단하게 뭉쳐 짙어지는 냄새
밖으로 뿜지 못하고 속에서 악만 쓰네

어둡고 긴 터널

밖으로 나갈 때까지는
묵묵히 음악 들으며 할 일 하고
화장도 고치며 아무렇지도 않은 척

단번에 밀어내기 위해선 미련보다는 후련을 선택하고 싶
어
누구든 이 순간을 방해할 수 없네

그곳으로 간다

오로지 나만 갈 수 있는
반딧불 하나 어둠 하나
누구하고도 말하지 않는 섬

고요한 음악이 흐르다가 적색 경고등 깜빡거리면

사타구니 아래로 삐져나오려는 통증
서슴없이 바지를 내린다

연인과의 인연을 끊을 때도
면접시험장에서 똥끝이 타들어가던 긴장도
이처럼은 아니었는데

얼굴이 확 벌게진다

한껏 몸을 웅크리고
나에게 절대 친절하지 않은 참고 있는 숨
한 평 좁은 공간에서

리트머스

망설임 없이 YES라고 한 뒤 후텁지근한 NO가 머릿속을
무겁게 떠다닌다 SAY NO! 깜빡이는 눈꺼풀 사이로 붉고 푸
른 감정이 번진다 내일 또 모레가 불안하다 NO가 쌍칼을
비껴들면 YES는 미늘 갑옷을 여미고 웅크린다 맞다/틀리다
를 자기 색깔로 물들이려 날카롭게 각을 세우는

샴쌍둥이처럼 붙어 다니는 YES/NO 같은 색으로 물든 적
이 한 번도 없다 이것과 저것의 빽빽한 밀림 사이로 그것을
찾아 나서는 저녁, 도에 실망하고 모에 열광하는 사람에게
빽도가 더 좋을 수 있다는 비밀이 등 뒤에서 꿈틀거리며 굵
은 비로 쏟아진다 진저리치게 시거나 벌레 씹은 표정처럼
씁쓸하지 않기를 바라는 리트머스가 내일에 기댄다

두려움

등산로가 깊어지자 불현듯 나타나는 플래카드, 마주치면 등을 보이지 말고 소리치거나 뛰지 말고 천천히 그를 떠나보내란다 희미한 발자국 심술 덕지덕지 붙은 긴 주둥이 금방이라도 쿵쿵거릴 것만 같다 끈덕지게 귓불에 달라붙는 각다귀처럼 따라오는 공포 등산화 끈 다시 조이다 불안한 시선으로 사방을 훑는다

절벽으로 미끄러질까 봐, CCTV에 찍힐까 봐, 길이 사라질까 봐, 느닷없이 그를 만날까 봐
나만 잠시 떨고 있을 뿐, 산의 원주민인 그는 어슬렁거리며 텃세도 부리고 밤마다 콧김 뿜으며 별자리를 더듬겠지

간이역을 스쳐 다음 역을 향해 질주하는 기차처럼 계곡물은 쉼 없이 흐르고 그의 덫에 갇힌 심장은 멀리 가지 못한다 등을 돌리면 더 선명해지는 소리 두려움에 덧칠하는 마음은 나아가지도 물러서지도 못하는, 팽팽한 침묵

불면

　까슬까슬한 넓은 등 마구 짓밟으며 횡보해도 모래는 너그
럽다 발가락 사이로 삐져나오는 까칠한 감정들 느린 호흡으
로 걷는다 쌓이기보다 무너지려는 모래의 관성, 지나간 순
간 다가올 시간을 서툴게 지운다 발은 낙타걸음처럼 무겁고

　발자국이 새긴 상형문자를 더듬다가
　눈을 모래에 묻는다 충혈된다
　끝을 볼 수 없는 하루는 빛을 잃어 가고

　말로는 매듭짓지 못하고 서핑 보드처럼 교묘히 파도를
비껴나가는 기억의 조각들 불쑥불쑥 튀어오르다 칸나빛 햇
살 수면 아래 내려앉는다 도돌이표처럼 오고 또 오는 불면
이 예래 해안을 갈지자로 걷는 밤 멀리서 터지는 폭죽은 소
금꽃처럼 녹아내리고

손거울, 깨지다

내 얼굴이 그 안에 있다 비 오는 창 너머가 얼굴의 배경
으로 온다 존재는 빛에 종속된 고요일 뿐 빛이 오면 어둠에
머물렀던 나는 거울 뒤편으로 숨곤 했다 수면, 빗방울, 풀
잎의 이슬에 가늘게 떨리며 얼비치는 얼굴 금방 사라질 듯
한 나는 거울 속에서 오히려 더 생생하다 숨기고 싶었던 잡
티, 눈가의 잔주름, 이 사이 끼인 시큼한 기억까지. 손거
울이 깨졌다 민낯, 당황했던 표정은 거울 속으로 빨려 들어
가다가 사라졌다 기억, 색, 웃음, 눈물—아무것도 남아 있
지 않았던 그 안

싸움

갑자기 누군가 큰 소리로 퍼붓는 욕설이 사람들 머리 위
로 겅중겅중 뛰어다닌다

키보드 두드리는 소리와 간간이 쿨럭거리는 기침이 적막
의 틈새를 파고드는 도서관 3층

총구의 냉기 같은 공기가 잠깐 지나간다

불에 데어 화들짝 터뜨리는 울음처럼 책갈피 사이로 숨지
도 못하는 무방비의 감정
컴퓨터를 먼저 차지하겠단다

무엇에 굶주린 걸까
세상을 할퀴고 서로의 마음을 찢는 탐욕은 어디서 오나

창밖엔 하이힐과 옥신각신 신경전을 하는 여자가 횡단보
도를 건너며 싸움의 길이에 대해 생각한다
그 꼬리는 어디서 끊기는지

질주하는 앰뷸런스 사이렌처럼 울컥 목숨 걸 듯 덤빈다

허기를 껴안고 쓰러져도 목의 힘줄이 퍼렇게 설지라도
　창피할 줄 모르는 용기

말꼬리는 커터칼로도 잘리지 않는다

에잇, XX 놈들아!

뒤돌아보니 덩그러니 놓여 있는 컴퓨터
표정이 없다

구토

자지러질 듯한 앰뷸런스 사이렌도
신호등 불도 꺼졌다

차 없는 거리에서

탭 댄스의 현란한 비트
타다타닥 타다닥

재물운 승진운 말년운은 좋아도 연애운은 없다는 사주
미친 듯 발바닥으로 쳐대며
소리로 토해내는 신기(神氣)

시름시름 꽃잎을 비틀어 다문 나팔꽃처럼이 아니라
폭포처럼 거침없이 쏟아내도 더 나올 것이 없는데
왜 웅크리고 있었는지

쓴 물에 환호하고
시큼한 냄새에 취한 쇠 부딪는 소리
뼈마디 속까지 번진다, 붉게

허물을 벗지 않아도
속도와 리듬만으로 뻥 뚫린 속을 보여 주는
원시의 울음은 사라졌지

사람들아, 나를 봐!
거리로 나와 보란 말이야
세상을 향해 토하는 소리를

붉은 칼

시속 160km 산타아나의 강풍
쇼핑카트가거리에나뒹군다굵은나뭇가지가잘려져나가
고간판은떨어져고속도로를질주한다
　　　거칠고
　　　　　사납게
용서가 없단다

천사의 도시
악마의 바람

바람 등에 업힌 작은 불씨가 순식간에 번지면
공평해지는 세상
뭐가 뭔지 묻고 대답할 틈도 없이
무릎부터 꿇리는 몸부림과 외침
검은 연기에 휩싸이고

휘어졌다 돌아섰다 솟구쳤다가 멀리 달아나는 순간들
투박하게 쌓아 올린 하루하루의 테두리가 무너진다

소용돌이 불기둥 속

남모르게 날 벼리고 있는 칼 하나
들숨 날숨 거칠게 몰아쉬며 뜨겁게 달궈진다

거미줄에 걸린 거짓말
밑줄 그어가며 읽던 단편소설의 낡은 책장
흰 몸을 떨고 있는 천사도 시뻘건 칼날과 맞선다

소중했던 것이 숯으로 변하는 순간, 가장 뜨겁게 빛난다

서성이는 사람들은 뒤돌아보지 못하고
어눌해진 말은 그 자리에 눌어붙고

아침의 기억도
가까운 미래도 없는 이곳
욕망의 목을 베려는 집요한 눈빛만

눈동자로 남은 얼굴

엄마는 부드럽고 판판한 밀가루 반죽을 주전자 뚜껑으로
찍어 큰 원을 만들었어요 소주잔으로 그 안에 작은 구멍을
뚫었고 부글부글 끓는 기름 속에 사정없이 던져 넣었지요

지긋지긋한 관절염, 천둥 번개의 공포도 동그랗게 잘려
덤으로 딸려 들어갔어요 거친 호흡 시어머니 잔소리 끓는
기름 속에서 부풀어 오르다 통점에서 터질 때

한숨 쉬듯 작은 숨구멍으로 가까스로 떠오르던 도넛

뽀얀 슈가파우더 뒤집어 쓴 엄마의 동공이 내 양말에 뚫
린 구멍 같았어요 부엌 벽에 튄 튀김기름 누렇게 찌들고 시
간의 얼룩이 깊어질 때

동그라미 속 동그라미 뒤에 남은
그 젖은 눈

얼룩

　　보글보글 끓는 매운탕 국물 부풀다 못해 블라우스 앞가
슴에 고춧가루 뻘건 물 사정없이 튀긴다 크게, 작게, 가까
이, 멀리, 매운맛은 거침없다 살갗을 뚫고 여기저기서 욕
처럼 튀는 얼룩들

　　매운탕 식당에선 인생이 너무 뜨거웠노라고 소주잔 사이
에 두고 뵌 침방울이 거셌노라고 빗길의 차가 흙탕물을 튀
겼노라고 아직도 씻기지 않는 상처의 찌꺼기가 남아 있노
라고 눈을 마주치지 못하고 흘려보낸 눈물이 쏟아졌노라고

　　바람에 섞어 슥슥 비벼보다가 쭈그리고 앉아 햇볕에 태
워보다가 빗물에 적셔 어디론가 흘려보내다가 지워지지 않
는 흔적의 반란 벗기려 애쓸수록 또 다른 자국으로 번지는

하루를 구기다

꼬깃꼬깃 뭉친다, 주먹보다 작게

고개 숙인 채 눈동자만 굴리던 말이 좁은 공간에서 마른
기침을 한다 어딘가 칼칼한 목구멍 같이 흐린 날이다

구겨진 골짜기 사이로 버티는 손글씨, 산이 꺾이고 물
길이 뒤틀리는 연필 스케치가 모서리 접힌 채 서로를 지
워 간다
일그러지는 얼굴

아이들은 눈싸움하듯 종이 뭉치를 던진다 맞고 피하며 배
를 쥐는 웃음으로 채우다 만 오늘이 새 나간다

가늘게 눈을 뜨고 까치발로 걸었던 하루

빛을 잃은 공간이 꿈틀거릴 때마다 섞이는 낱말은 읽을
수 없는 문장이 되어 혀끝을 찌른다

시큼하게 쓴 맛

아이들은 뭉친 하루를 쥐고 웃다가 짓이기며 통유리창 너
머 어둔 밖을 내다본다

제3부   고요 속으로

고요 속으로 1

놓고 간 소리 비우느라
새벽이면 목탁 소리로 채워지는 길

놓고 간 발자국 지우느라
저녁이면 짙은 노을도 멈췄다 가는 길

사내는 폭넓은 바지 입고 맨발로 말없이 흙길을 쓴다 싸
리비는 먼지 속 바람의 한숨을 쓸어내리고 염불 소리는 귀
없는 불두화 꽃잎 속을 채운다 무게와 색이 없는 생각으로
다져진 흙길 울퉁불퉁 튀어나온 돌도 말이 없다

그 사내 싸리비로 지그재그 선 그으며 자신의 그림자를
지운다 싸아악, 싸아악, 일정한 속도와 간격으로 꼬리에 꼬
리 물고 떠 있는 흰 연등 가까이 다가가면 말갛게 다듬어진
어둠 멀리 고층 빌딩까지 내려앉아 정갈한 새벽, 고요하다

봉은사 입구로 내려와 연꽃잎 위에 눕는다
단식하며 석 달을 버티는 연등처럼
가진 것 없어 가볍다

고요 속으로 2

사천왕상 앞에서 합장한 손
간절한 기도 날아갈까 풀지 못하고

연꽃 화분이 빽빽한
대웅전으로 오르는 길

더위에 지친 염불 소리
잘근잘근 씹어 되새김질하며
조용히 키를 키우는 연꽃 줄기

벨벳처럼 부드러운 둥근 잎
한가운데 배꼽이 있다
아니, 눈이다
고요하게 박혀 있는

도심의 소음이 낮은 그림자로 떠다니고
색도 표정도 없는 우울은
전송했다 삭제하는 메시지처럼
형체를 잃은 채
연잎 위에 올라 지친 몸을 누인다

고층 건물 유리에 반사된 복숭아빛 노을
연등 속으로 스멀스멀 스민다

목탁 소리 닮아 가쁘지 않은
움켜쥔 것 없는 잎의 숨결
우울에 빠진 도시를 잠재우고
눈을 감는다

침묵

빗방울과 빗방울 사이에 네가 있다
표정 없이 가늘게 떠는 얼굴로 눈 감은 채 이 비의 처음
과 끝을 재단하며

서둘지 않는 호흡

넌 그저 묵묵히 빛을 기다리는 무채색 실눈
세상을 견디다 기어이 정수리가 터져 버릴 그 순간을 기
다리는 고요

이 비가 어디서부터 어디로 가는지 고개 드는 궁금증은
어둠 속으로 미끄러지고 호들갑 떨지 못하는 언어들만 이
리저리 흔들린다

아직 피지 않은 꽃봉오리

무채색이 유채색으로 바뀌는 순간
사람들은 시끌벅적 환호하며 다가서지만 정작 너는 눈부
신 밖을 바라볼 수 없어 한 곳만 응시하는

눈

더 이상 인수분해할 수 없는 소수처럼 홀로 떠돌다가
죽은 듯 고요히 손안에 갇혀 있다가 손을 펴면 날갯짓하
며 날아가는 하루살이 같은 몸짓
바람 부는 대로 흔들리다 바닥에 떨어져 흔적도 없이 사
라지는

겨울의 마음은 그저 별처럼 반짝이고 싶을 뿐
누군가의 가슴에 쌓이고 싶지는 않아서
무채색 하늘에 떠돈다

침묵처럼 차가워 호주머니에 넣었던 시린 기억도 끈끈해
지고 싶은 비밀도 언제나 시한부
뺄셈으로 가벼워져서 눈물처럼 흐르고 싶지 않은

고드름

묻는다
한겨울밤 내내 밖에서 울어 본 적 있냐고

한숨도 못 잔 두려움의 키
밤새 한 뼘은 자란 것 같다
혹독한 한기를 견뎌 낸 눈물
푸른 어둠 속 하얗게 자라
허공에 가늘고 길게 뿌리 내린다

서러움이 몸에서 떨어지기 전
얼어붙은 시린 대화
목젖까지 차오른 차디찬 불안 견디다가
햇빛에 유리빛으로 반짝이다가

애초부터 긴 생을 바라지 않았다
꽃이 없고 색이 없는 세상에서
소리 내어 울기 전에
세상과 멀어지려 한다

누군가 손잡으려 하면 미끄러지는

건드리기만 해도 툭툭 부러지는
바닥에 녹아 흥건해진 몸
형체도 없이 공기 중으로 흩어진다

아기 업은 아이

열 살쯤 되어 보이는 남자아이
어린 아기 등에 업고
어깨에 카메라 멘 사람을 끈질기게 따라간다

흘러내리는 아기
한 손으로 받쳐 올리며
구걸하는 다른 작은 손
어리둥절한 관광객들의 시선이 잠시 멈춘다

아이 얼굴에 두른 겹겹의 먼지는
땀으로 얼룩을 그리고

굶주린 만큼 헐렁거리는 바지춤
허리 아래로 미끄러져
노을 속으로 숨어든다

억지웃음으로 찌든 하루
한 생을 만들어 가며
또 다른 생을 업은 까만 눈동자

흘러내리는 허기를 다시 추켜 올리는
가늘고 긴 팔

잠시 당신의 불을 꺼 두세요
―네팔 1

저녁 빛이 물든 히말라야

주황의 옷자락이 바람에 흔들리고

색색의 천으로 천정을 드리운 요가 스튜디오

어느 틈엔가 들어온 벌레

나마스떼로 합장하고

요기들의 기(氣)는 정수리로 모이는데

소리 없이 정전이 찾아온다

찰나의 침묵

하나둘 켜지는 촛불

차크라가 불빛 따라 춤추는 영혼들 불러 모은다

구겨진 그림자

흐르는 촛농

너그러워진 눈동자는

삐뚤어진 동작도 찾아내지 못하고

흔들리는 심지 속에서

빗방울이 메리골드 꽃잎 사이로 리듬을 타는데

흐르는 호흡 사이 미끄러지는 기억 하나 붙잡으려
등이 젖은 누군가
사마스티티(Samasthiti)로 선 전봇대에 올라
수신기 뚜껑을 들어 올린다

얼굴에는 환한 불빛
나마스떼

마차푸차레 여인들
—네팔 2

하늘이 가까워 더 진한 칸나의 붉은 빛
물고기 꼬리 모양 마차푸차레가 만년 묵은 눈으로 지느
러미를 빚는다

빨랫줄에 널어놓은 이불 홑청은 새로 돋은 비늘처럼 뽀
얗게 빛나고
넓게 퍼진 산 그림자
전생처럼 출렁인다

큰아들이 멍석에 레몬그라스를 펼치면 할머니 첫째 며느
리 둘째 며느리가 물결처럼 앉아 거친 잎을 다듬는다
석양이 겹겹으로 물든 손톱
그 물고기의 호흡을 만져 본 적 있을까

둥근 젖가슴이 느리게 숨을 쉰다
그을린 젖꼭지를 빠는 아기의 머리 뒤로 뿌옇게 올라오는
비포장도로의 거친 호흡

상점 문턱에 매달린 먼지 뽀얀 과자 봉지 같은 오늘
내일의 얼굴은 말없이 문간에 걸려 있다

운명인지 인연인지 가리지 않고
무심히 젖소의 젖통을 주무르는 낯익은 체온
작두질 사이로 썩둑썩둑 잘려 나가는 여인들의 시간

그 곁에서 또 한 켜의 주름을 그슬리며
레몬 향에 녹색 물 찌든 앞치마

우린다는 건

숨 쉴 수 없어 더 짙어진 빛깔
남은 향기가 마음을 끄는
이름을 알 수 없는 꽃들

마른 꽃잎 속에는 겹겹의 시간이 포개진다

바삭하게 여윈 시간의 주름이
따뜻한 찻주전자 속으로 스며들면
은은한 빛 퍼뜨리며
고개 드는 너의 부재

우린다는 건
잊힌 통증을 다시 불러오는 일

푸른 멍 자국이
기억의 바닥에 가라앉아
입천장의 물집처럼 아물지 못하고
삼키려 하면 거꾸로 치밀어 오르던 말들

더 이상 우러날 것 없을 때까지

우린다

죽지 않고 있었구나

이제는
마른 꽃잎 같은 투명한 숨으로
꽃받침도 없이 피었다가
미끄러져 내린다

이생과 저승 한 바퀴 돌아온 듯한
부재의 기억을 마신다

나무자세

비탈진 곳
태양을 향해 솟는 나무를
지구의 중력이 끌어당긴다
나무도 때때로 바람에 흔들리는데
뿌리도 없는 내가
양손 모으고 한 다리로 서려 한다
누구에게도 기대지 않고 은밀하게 하나씩
동그란 나이테를 제 몸에 두르는
나무
양팔 하늘로 찌르고
우듬지로 모여드는 잡념의 하루살이 떼
쫓으며 흔들려가며
외다리 나무로 서고 싶다
고요한 나뭇잎 사이
숨은 나의 숨소리

반달자세

휘청거리는 팔다리
거친 숨, 그에게 보낸다
달의 중력처럼 가벼운 사랑이면 좋겠다

그에게 가는 길 멀고 무거워
두꺼워지고 뻣뻣해진 골격을 은은한 달빛 속에 숨긴다

근육의 미세한 떨림
끊어질 듯 버티는 마음도 모두 달무리 속으로 기어드는데

그대로 머물기!

하나, 둘, 셋
가빠지는 숨
깊어지는 전신의 무력감

끝까지 버티기!

그 힘의 반은 내 숨
나머지는 그의 중력

고양이자세

두 팔 두 무릎 바닥에 대고
둥글게 등 말아 올린 따스하고 가는 몸

뼈마디 사이에 숨어 있는 긴장과 불안
화석처럼 굳어 기억을 잃고

좁아진 경추의 틈
숨 머물 곳이 없다

더 더 더
작게 웅크린다

등 말아 올리자 빳빳이 서는 수염
차분한 호흡 속으로 서서히 녹아든다

창가 햇살 아래
놓인 긴장과 이완의 경계

사바아사나(Savasana)

고양이, 나무, 코브라, 반달
몸 구석구석까지 쑤셔 놨다
구겨지고 헝클어진 신경 다발은
서서히 풀리고
잡념은 싱잉보울 공명 속으로
빨려 들어간다
……
아무것도 없다
어둠이다

샨티 샨티

고요한 음악이다
샨티 샨티* 부드러운 음성이 퍼지면 외다리로 서서 흔들
리는 나
거울 속 나는 무중력이 간절하다

촛불은 심지를 태우며
구석의 어둠을 흔든다

흔들리는 건 나뿐이 아니다
음악 소리가 실을 길게 드리우다가
사뿐히 내 귀에 안착한다

꿈틀거리는 선율

이 적막함이 샨티일까, 내가 샨티일까

허우적거리던 나는 서둘러
샨티 음악에 나를 심는다

외다리로
고요한 거울 속으로 들어간다

* 샨티(shanti): 산스크리트어 '평화'

제4부 웃음과 가면

범퍼카

신호등도 건널목도 없는 길을 거침없이 몰아붙인다 차와
차가 부딪치는 순간, 입에서는 시베리아 백합 같은 함박웃
음이 튀어 오른다 지층처럼 쌓인 찌든 불안이 경쾌한 음악
과 범퍼카의 충격에 뒤섞일 때 불꽃처럼 터지는 탄성들—넋
놓고 웃어본 적 있나요 칼바람에 휘몰아치는 눈꽃, 불볕 아
래 피는 소금꽃, 구름이 부딪혀 번지는 번개꽃처럼 내 귀는
세상 쪽으로 활짝 열려 있는데 다른 소리는 들어오지 않는
다 이리 받히고 저리 치이며 팝콘처럼 튀어 오르는 환한 표
정들, 웃음이 넘쳐 눈물이 되고 눈물이 흘러 울음이 되었다
가 다시 웃음으로 되돌아오는 블랙 코미디

책상과 진눈깨비

다른 사람이 앉아 있다, 내 책상에

멀리서 그의 등을 바라보고 있는데
창밖에 진눈깨비가 내린다

땅바닥에 닿는 순간 녹아 사라질 하루 같은
불과, 밤과 밤 사이
꿈을 꾸다 뒤척이던 사이겠지

나를 품어 주던 그림자
어둔 밤, 이 책상에 묻곤 했지
에잇! 손바닥으로 칠 때마다 단단해진 근육
눈물을 쏟아부으며 얼굴 맞대던 하루하루
얼룩은 밤새 나의 과거를 묻어 버렸네

턱 괴고 앉을 자리 없는 마음에
진눈깨비는 하릴없이 쌓이고

빵이 없어 머리 숙인 사람들은 고개 들지 않는다

젖은 도로에 반사된 전조등처럼
고개 파묻고 눈에 불을 켜는 불평들

어둑한 낮인데 선명하다

책상이 없어졌다고
내 이름도 지워지나
짓궂은 날씨에 엉망진창이 된 얼굴
이력서에 붙일 수 없는 걸까

책상 위에 쌓이는
뭉쳐지지 않는 생각

조각 그림 맞추기

네가 잊었을까 봐
은빛 조약돌로 돌아오는 길을 깔아 줄게

조심스레 펼치는 오래 묵은 마음 조각들
흠 난 부분은 보듬고
찌든 얼룩은 윤이 나게 문지르고
체온 얹어 혈색도 돌려놓고

별빛에 하얗게 드러난 돌
꾹꾹 눌러
숲길 중간중간에 끼워 놓을게

집 앞마당엔 수국이 피어 있고
달빛에 숨은 그림은 모습을 드러내고
바람이 훔쳐 간 색들도 하나하나 돌아올 거야
새벽이 올 때까지

나침반도 가리켜 주지 않는 네가 내게로 돌아오는 길
어두운 숲길을 헤매면서도 절름거리지 않는 통증

네가 가까워지면
대문 앞에서
꽃가루로 꼴람을 그리고 있을게
낯익은 냄새와 흩어졌던 웃음으로

땅따먹기

94

　엄지를 땅에 대고 검지를 반 바퀴 돌리면 반원으로 피어
나는 작은 꽃밭, 손톱으로 작은 돌 튕겨 떨어진 곳에 선을
긋고 세 번 안에 돌아오면 내 땅이 되듯

꽃잎이 땅에 선을 그을 때마다
모서리 일그러지며 모양 바뀌는 꽃밭
채송화, 과꽃, 분꽃, 맨드라미, 샐비어
시샘하는 만큼 진해지는 얼굴들

아무도 모르게 줄기를 뽑아 올려
가지 뻗고 봉오리를 터뜨리지
진한 향기로 옅은 향 밀쳐내고
뿌리 더 넓게 뻗어 가지

티격태격하며 삐뚤빼뚤 커지는 영역

한 뼘이라도 더
더-더-더-

밟으면 보이지 않고

손으로 쓱 문지르면 사라지는
너와 나의 땅, 그 경계

허공에 떠 있다가
꽃그림자처럼 일그러지다가
날 저물면 서서히 지워진다
마음과 마음을 좀먹던 자국들

노란 방 101

전기포트 물이 낯설게 끓는다
흩어진 빵부스러기와 와인색 얼룩을 따라가는
그리마의 낮은 그림자

너도 머물다 가고 싶었구나

까치발로 피해 다니느라 못다 한 쉰 개가 넘는 이야기
노란색 토스터기에 숨겨 놓은 웃음
조용히 움직여야 하는 가늘고 긴 다리

에어비앤비에서의 여유는 일상이 될 수 없지
이곳에 머물던 우리는
정리하고 떠난다고 소란을 피우지만

어딘가 숨어 있는 너
심장은 초침처럼 뛰고
작은 눈은 깜빡이지 못하며 바닥만 바라보지
누구와 눈 맞춤하더라도 소스라치지 않으려고

간접 실내등을 따라가며 풀어놓던 소곤거림

마치지도 못한 채, 넌
같이 가겠다고 따라 나선다

집 나가면 돌아올 수 있겠니?

다시 누군가의 공간이 될 타인의 방으로
노란 시간이 간다

적당히 바삭하게

평생 한 가지 색 두르고 검푸른 멍 단단하게 키운 당신은
어둠 속에서 늘 출렁거리지요
튀김옷 입지 않은 당신은 끓는 기름 속에서 크고 작은 물
집 만들며 부풀어 올라요

기억은 바삭거릴수록 좋지만
쉽사리 부러질 수도 있어요

난 당신에게 속삭이는데 입안에서의 만남은 뾰족한 날 세
우고 내게 상처를 주지요
시시때때 신경 곤두세우며 쿡쿡 찔러 대는 뼈마디 없는
손끝

감출수록 먼저 드러나는 푸른 빛

몸을 기대보려다
긁힌 흔적들 숨기려다 깊은 잠으로 빠지면
씁쓸했던 시간은 눅눅해져 끈적거리고
힘줄처럼 질겨진 고집은 쉽게 끊어지지도 않아요

부러지고 질겨지는 매일
다시마튀각처럼

오늘 하루만은
적당히 달콤하고 짭짤하고 바삭하게

포장 에비뉴

맡겨만 주세요
우아하고 멋지게 포장해 드릴게요

하늘의 별자리, 쏟아지는 장대비, 세련된 재즈 선율, 취업 낙방 이력서 전부 다 취급합니다 숨겨 두고 싶은 마음도 슬쩍 보여만 주세요 사각형, 육각형, 원통 모양으로 재주껏 재단해 볼게요

변기 물 내려도 되뿜어 오르는 우울, 신경을 콕콕 찌르는 짜증, 정수리로 쭉 뻗치다가 땅으로 꺼지는 불안, 말끔히 감싸서 늑골 한구석에 처박아 두고 싶다는 주문이 왔습니다

낱낱이 흩어지려는 마음의 크기
잡히지 않는 감정의 모양

전자레인지에 데워 테이크아웃 박스에 담아 보다가
검정 비닐봉지에 넣어 냉동실에 얼렸다가
뚝뚝 떨구는 눈물을 보고는
차라리 스티로폼 박스에 내가 숨고 마는 고양이 같은 하루

땅은 반짝이는 보석을 숨기고 흙으로 덮는다며
바다는 하늘의 모든 별자리를 품는다며
포장의 원조라 주장하지만
정작 자신을 위해 무얼 한 적은 없지요

그건 나도 마찬가지예요

오늘은 날이 흐리더니 장대비가 쏟아집니다 내 기분에
상관없이
우산이 없어요
고백할 것도 변명할 것도 없는 축축한 몸을 감추지 못한
채 나는 고객의 주문을 포장하고 있어요

그 아픔, 아무도 눈치채지 못하게
속은 비밀스럽고 겉은 반짝이는 얼굴로

모자 바꿔 쓰기
―즐거운 착각 1

사막을 걷다 지쳐

무거운 발을 떼지 못하는 낙타처럼

지루한 하루의 끝

소주잔이 오가는 횟집에서

시끌벅적한 퍼포먼스가 펼쳐진다

머리가 바뀐 채 몸통을 맞댄 광어와 우럭

양철 둥근 식탁 위에서

진한 이야기 뜨겁게 토해내고

맥주와 소주가 회오리바람처럼 섞이면

웃음은 요동치다가 태풍의 눈으로 빠져든다

초록 참이슬 병은 빨강 모자

옆 사람은 다 헤진 내 벙거지 모자

난 옆 사람의 베레모

그 옆 사람은 시베리아 털모자를 쓰고

모두 초점 잃은 눈 껌뻑거릴 때

새로 태어난 것 같은 착각

정수리 끝에서 무럭무럭 자란다
서로의 표정에 손가락질하며 깔깔거려도
박제된 동물처럼 모자는 끝내 표정이 없다

부글부글 끓는 매운탕 육수
아무리 당당하게 튀어도
눈치 없이 호탕하게 웃으며
돌고 도는 술잔처럼, 가벼운

모자가 원하는 인간
웃음은 미친 척하고 돌고 또 돈다

환승 공항
―즐거운 착각 2

퍼스트 베이스를 터치하기 위해 온몸으로 미끄러지는 야구선수처럼 비 오는 활주로에 슬라이딩한다 쿵―충격과 함께 무거운 눈꺼풀과 찌뿌둥한 몸, 캐리어에 짓눌린 짜증이 화들짝 깨어나고 심장은 세컨드를 훔치듯 조각난 기억들을 스치며 전력 질주한다 떠난 곳과 가야 할 곳 사이, 소속감은 없다 다음 베이스를 향해 어깨는 우쭐거리고 홈을 향한 눈과 웃음소리는 잉크빛 바다 건너 거저 얻은 몇 시간 위로 가볍게 출렁인다 홈런인지 파울인지 모를 게이트 앞, 디지털시계는 여전히 매초 딸깍거리고 어둠이 총총 내린 출발지와 아직 낮인 도착지의 낯선 언어 사이에서 이유 없이 깔깔거리며 달아오르는 몸, 모르는 얼굴들 사이를 혼자 두리번거린다

불꽃놀이
—즐거운 착각 3

네 개의 손이 어둔 캔버스에 거칠게 낙서하듯 덧칠한다
바스키아와 워홀의 합작품처럼 이어지지 않을 것 같은 이
야기
하나의 구심점으로 모이는 연말

힘차게 외치는 카운트다운
캄캄한 하늘로 모인다

기억의 정수리에서 튀어 나가고 싶은 아픔은 순식간에
터진다 현란하게 공중으로 사라지며 환호와 동시에 밑동
째 뽑힌 것 같은

펑! 펑! 터지는 소리

누군가의 마지막이었을지도 모를 발걸음을 따라 나선형
계단을 타고 옥상으로 올라가
하늘을 본다

죽어간 사람들의 눈동자

눈물처럼 흐르지 않고 찬란한 빛으로 공중분해되어 다시
내 눈으로 들어오는 별, 순간
　곡선으로 쏟아지는 갈채와 희망은 아프고 뜨거웠던
　기억의 꽃

온 속이 뒤집히듯 심장으로부터 꺽꺽거리며 게워낸다 허
공에 뿌려지는 잔상은 부끄러운 줄 모르고

레몬 향과 실마리

한 조각 쥐어짜 구운 생선 비늘에 뿌리려다 옷으로 튀고
만 레몬즙처럼 주고받던 말에 가시가 돋쳐 알 수 없는 말다
툼이 오간다 생선 굽는 냄새가 옷깃에 배어들 듯 모세 혈관
타고 비릿하게 퍼져가는 창백한 단어
허공으로 흩어지지도 않아

가시는 날카롭고
높아진 언성은 뜨거운 생선에 데일 줄 모른다

물결 무늬 등에 업고 상대를 향해 번들거리는 허세
푸른빛으로 짙어지기 전에 공중으로 사라지기 전에 거
칠게 컴퓨터 자판 속으로 구겨 넣는다 순서를 잃은 자음과
모음은 의미 없는 낱말이 되어 얼굴을 가리며 서로 손가락
질한다

진실과 변명은 자판 아래서 수런거리고

교집합을 찾으려 마주 보는 얼굴들
힘껏 껴안았다가 밀쳐 보다가 미끄러져 원점으로 돌아간다
사라지는 레몬 향과 식어 가는 생선은 더 모르는 척

탈춤

태풍에 떨어진 나뭇잎
흰 거품 토하며 뒤집어지는 파도
벌렁 자빠져도 당당한 개
하얀 백지 위에 수십 번 고쳐 쓰는 편지처럼

모두가
얼쑤! 난리 난리 난리다

사자처럼 으르렁거렸다가
각시처럼 웃으며 침 흘리고
백정처럼 내장을 도려내고 눈알을 파내다가

어느 탈에도 빙의되어 발과 팔 덩실거리며
내 영혼 가벼워질 때까지
몸 밖으로 퍼내는 독과 피

상처가 다시 돌아오지 않게
찡그린 표정이 더 쭈그러들지 않게
공사판의 먼지보다 가볍게
햇빛 아래 녹아내리는 아이스크림처럼

몸을 허공에 띄우고 균형을 잡으면
사시가 되는 눈동자
겁도 없이 숨을 들이쉰다

굽은 등 일으켜 세우고 부딪히고 망가뜨리며 나오는 커다
란 신음은 멈추지 않고
여전히 벌렁거리는 콧구멍이 울음을 삼킨다

한판 제대로 놀아보자

두개골 안에서 헛도는 북소리처럼
금 간 거울 속에서 끝내 춤추는 입술처럼
생을 마감하는 창끝처럼

플라멩코

사계절 햇빛을 잃은 쿠에바 동굴
소리만이 빛이고 살 길이다

닳아 벗겨진 무대 바닥 위에서 호흡이 발 구른다

느리다가 빠르고
약하다가 강하게

스커트 프릴 위에 겹겹이 내려앉은 수많은 눈동자
거칠게 바른 짙은 립스틱
그 경계가 무너진다

머리 위에 꽂은 붉은 꽃잎 사이로 스며드는 신기

눈빛은 상그리아 잔에 출렁이고
미간은 낮은 기타 음처럼 패인다

발을 멈추면 소리도 죽는다
숨이 멎을까, 탁한 공기 안에서
따다다닥 따다닥 딱!

관중의 심장에 뒷굽이 박힌다

튕기는 엇박자 타고 휘몰아치는 울림
갇혀 있던 영혼

얼마나 높게 공중에 떠 있었을까
얼마나 깊게 뿌리 내렸을까

거칠고 깊은 숨
피가 거꾸로 솟도록 구르는 소리
갈구하는 손짓 하나가
아치형 동굴의 때를 한 켜 벗긴다

살풀이춤

건배를 외치기도 전 처음 마셔본 위스키처럼
살살 어르다가 풀어주다가 기어코 떼어 보내는
색도 표정도 없는 응어리

손끝으로 뿌리치고 홱 돌아서자

은은히 몸으로 퍼지는 카타르시스
길고 흰 명주 수건이 그리는 선에 갇힌다

검고 진하게 뫼 산을 그린 눈썹
웃지만 결코 웃지 않는 하회탈처럼 불룩하게 나온 광대뼈
에 복숭아 빛 화장하고
고요히 죽은 척하는 귀신처럼 있으면 안 되지

작두 타는 무당
뾰족한 버선코 끝에 매달려 폭발하고픈 몸부림이
살을 뚫고 튀어나와

위스키 향 풀풀 뿌리는 시나위 가락에
시간을 휘젓고 멍울 날리며

공기를 출렁이게 하는 흰 어둠

옷고름 사이 끼었던 살 헝클어지고 흩어져
아무도 읽을 수 없을 때까지
나풀나풀 바닥으로 떨어져 내리는 빈 껍질 같은

뼈와 살 목마르다

스매시 킹덤

홀가분한 마음으로 세상을 거꾸로 봐도 괜찮아

꽁꽁 얼었던 몸 열어젖히고
허공을 핥는 호흡 가빠지며
앙칼지게 입 다문다

철봉에 매달린 마지막 몇 초가 전부인 것처럼
망치를 든다

TV 화면에 금이 가고
소주병이 깨지며 투명한 비명을 지른다
잘못이 뭔지도 모르고 비린내 뿜으며 비틀거리는
채 죽지 않은 얼굴들

망치는 그 짜릿함을 안다
얻어맞고 맞은 정수리에 가짓빛 멍이 짙어질수록
더 목청 높이는 마른 입술

고요보다 더 날 선 두통이 오기 전
중심 잃은 궤도를 쳐다본다

가까운 듯 멀리 보이는 지평선

펑! 터지는 샴페인의 거품처럼
깨진 것들은 멀리 있지 않다
허공에서 칼춤을 추며 서로를 비껴간다

실수가 없어 용서도 없고
잊히는 속도보다 부서지는 속도가 빠른 이 방에서
사람들은 비로소
서로의 상처를 본다

어떤 사랑

혼자는 안 되고 둘이어야 하는 나
둥근 스텐 통에 맨몸으로 꽂혀 구내식당 입구에서 도도
한 척

헤어스타일을 바꿀 수 없지만 스테이크보다 두루치기 좋
아하고 햄버거나 피자엔 관심이 없지

누가 손잡아도 두근거리지 않던 심장처럼
말없이 누군가의 손에 쥐어진 그와 나

오늘 나의 짝, 그가 누구일지 문득 궁금해지는

뜨거운 국물에서 서로 잘 참을 수 있기를
얼큰한 다대기 휘저어 고추장 빛 물들이며 대화를 시작
하네

겉절이 한 점 먹으며 이름 불러 주고
깨소금 나누며 소곤거린다

솜털 없이 밋밋한 피부 잔정 없어 보여도

먹는 속도 맞추며 나란히 움직이는 이 순간

언제 또 만날지 모르는 우연의 사랑
나만의 비밀은 있어도 그와의 약속은 없지

퇴식구 앞 소쿠리로 던져지며 비명 한 번 지르고 나면
그가 누구인지 내가 누구인지 아무렇게나 뒤섞이네

미련 없이 돌아서며 후렴처럼 매달리지 않을게

싱글의 아침

세상을 본 적 없는 노란 동공들
나를 바라보며 처분만 바란다

휘휘 저으며 스크램블하기, 반숙으로 삶기, 둥글고 탐스
럽게 부풀 때까지 찌기
야채와 치즈를 넣어 말기, 프라이팬에 부치기

가장 쉬운 걸 고른다

조금씩 달궈지는 팬에 몸을 뉘이면
서서히 퍼져가는 투명한 부드러움
덜 익은 날씨 같다
뜨거운 열이 압박을 해 올 때마다
목소리는 가라앉고 넓어지는 영역은 불안하고

뒤집히거나 접히거나 미끌거리면서
터뜨리지 않고 반만 익히기

애교 있게 웃으면 탈락
적당한 부드러움과 촉촉함을 유지한 채 버텨야 한다

까다로운 노른자와
민감한 흰자는 말을 섞지 않는다
조금 긁혔는데 상처 나고
이내 흘러내려 범벅이 된다

내뱉어 보지도 못한 심장 소리
추상화 같은 요리와 마주 앉는다

12월의 파티

화려하게 반짝이는 샹들리에 아래
눈화장을 유난히 신경 쓴
도도한 눈빛 속으로 숨는 여인의 웃음

깊게 파인 가슴골로 흘러내릴 것 같은 스파클링 와인
톡! 쏘는 맛

누구의 감정도 할퀼 수 없는
숱 없는 머리의 풍성한 웨이브
쇼케이스 속 명품 시계의 초침 같다

12월의 파티

서서히 퍼지는 슈톨렌 속 말린 과일 향처럼
포인세티아 붉은 잎을 스치는 찬바람이
시간과 시간 사이에 잠시 머문다

삼백육십오 개의 퍼즐 조각이 모두 맞춰지면
카운트다운은 끝이 나겠지만

한 시간이 일 분처럼 빠른 파티에서
12월의 빛깔은
성에 낀 창처럼 뿌옇고 시리게
여인의 얼굴로 번진다

땅끝

그곳은 왠지 빈손으로 가야 할 것 같다

발끝은 겨우 댈 수 있을까

넘어지지 않게 발가락 끝에 힘을 모으고
살아온 날들을 꼭 붙든다

더 이상 갈 수 없어 끝에 선 바다, 은빛이다

짙은 주황색 대문 옆
용 ○○ / 박 ○○
얼굴을 알 수 없는 무채색의 이름들
멈칫하며 정자체 석 자를 따라가는데
스며드는 적막감에 개 짖는 소리

땅끝에 서 있다

비릿한 젓갈 냄새
마늘잎 가는 줄기 사이를 비집고
땅끝 해안로는

뭘 잘못이라도 한 듯 자꾸 뒤를 돌아본다

이곳에선 편히 눕지 못할 듯하다
세상하고는 등을 질 것 같아서
그 끝이 어디인지 하염없이 바라보기만 할 것 같아서

기다리는 사람 없는 휑한 버스 정류장
땅끝으로 가는 시간표가 흐릿하다

하늘 끝

마늘종을 꺾는 여인의 굽은 등에 부는 바람
진돗개 컹컹 짓는 소리를 죽인다

마늘 꽃대 가늘고 연한 녹색
허물어지듯 줄을 짓다가
제멋대로 잎을 흔들며 어디론가 휩쓸린다

젓갈 양념이 깊이 밴 묵은지의 쿰쿰한 냄새
파도 소리를 넘어 목청을 세우는 마을 청년들의 쉰 목
소리
풍경 소리가 닿아 흔들리는 곳

이름도 기억하지 못할 먼 섬들을 바라보며
혀끝에 올려 보는 끝이라는 단어

그곳에서 멈춘다

하늘을 딛고 땅을 머리에 이고 공중으로 발을 차올린다

키보다 조금 낮게 내려온 하늘은

전복을 손질하는 어부들의 넋두리일까

이렇게 바람 부는 날

바다 물결 따라 풍경 소리는 더 세게 밀려오고
짙은 비린내 풍기며 젓갈은 삭아 가고

하루 끝이라는 벼랑에 서서
하늘 끝을 본다

삶의 근원을 궁구하면서 신성으로 나아가는 탈영토화의 서정

유성호(문학평론가, 한양대학교 국문과 교수)

1. 기억에 깃들인 충일과 부재의 이중적 감각

최종녀 시인의 첫 시집 『공중으로 흩어지는 소리는 배고 프다』(천년의시작, 2026)는 시인 자신이 겪은 구체적 경험이나 사건에 대한 오래되고도 깊은 잔상(殘像)에 의해 형성되고 보존되고 계승된 미학적 결실이다. 시인은 강렬한 기억으로 인해 잊히지 않는 일들을 자신의 몸 안에 새기면서 수많은 언어들을 하염없이 파생해간다. 그가 첫 시집에서 발화하고 있는 중심 권역은 이처럼 강렬한 기억에 깃들인 충일과 부재의 이중적 감각이 셈이다. 사물을 오래도록 품으면

서도 그것을 주체의 내면으로 일원화하지 않고 미세하면서
도 역동적인 원심적 파동을 그는 기억의 에너지를 매개하는
동력에 의해 자신만의 시를 써간다. 그래서인지 그의 시편
은 우의적(寓意的) 개괄로는 그 의미를 온전하게 구성하기 어
렵고, 다만 우리는 다채로운 감각이 결속하는 기억의 심도(
深度)를 따라가면서 그 심연을 경험하게 될 뿐이다. 그 점에
서 그가 보여주는 기억의 접속 과정은 경험적 직접성과 상
상적 유추 과정을 선명하게 결합하면서, 그 안에 담긴 생성
과 소멸의 전조(前兆)를 동시에 암시해간다 할 것이다. 물론
그러한 목소리를 가능케 해주는 것은 그의 아름답고도 슬픈
감각적 구성력이다. 그리고 그 능력은 끊임없는 충일과 부
재로 출렁이면서 스스로를 들여다보게 해주는 방향을 취해
간다. 그 점, 최종녀 시인으로 하여금 진정한 존재론적 생
성을 욕망하게 해주는 확연한 실물적 증거가 되어준다. 그
만큼 최종녀는 새로운 서정의 사제로 스스로를 등극시키는
내면적 힘을 가득 품고 있는 시인이다. 먼저 다음 시편을
읽어보도록 하자.

　　숨 쉴 수 없어 더 짙어진 빛깔
　　남은 향기가 마음을 끄는
　　이름을 알 수 없는 꽃들

　　마른 꽃잎 속에는 겹겹의 시간이 포개진다

바삭하게 여윈 시간의 주름이
따뜻한 찻주전자 속으로 스며들면
은은한 빛 퍼뜨리며
고개 드는 너의 부재

우린다는 건
잊힌 통증을 다시 불러오는 일

푸른 멍 자국이
기억의 바닥에 가라앉아
입천장의 물집처럼 아물지 못하고
삼키려 하면 거꾸로 치밀어 오르던 말들

더 이상 우러날 것 없을 때까지
우린다

죽지 않고 있었구나

이제는
마른 꽃잎 같은 투명한 숨으로
꽃받침도 없이 피었다가
미끄러져 내린다

이생과 저승 한 바퀴 돌아온 듯한

부재의 기억을 마신다

　시인의 감각을 채우고 있는 것은 꽃들의 짙어진 빛깔과 남겨진 향기이다. 이제 더 이상 숨을 쉴 수 없어 스러져가는 "이름을 알 수 없는 꽃들"은 그럼에도 시인의 마음을 끌어당긴다. "마른 꽃잎 속에는 겹겹의 시간"이 포개져 있기 때문이다. 그렇게 여위어간 꽃잎의 시간은 '주름'으로 남아 따뜻한 찻주전자 속으로 스며든다. 은은한 빛이 퍼져가는 순간 시인이 느끼는 것은 "너의 부재"일 뿐이다. 따뜻하고 은은한 감각의 충일과 2인칭의 선명한 부재가 어울려 "우린다는" 것의 의미를 완성해간 것이다. 가없는 통증으로 일렁이는 지난 "기억의 바다"에서 "치밀어 오르던 말들"을 우리고 또 우리면서 시인은 이제 "마른 꽃잎 같은 투명한 숨"을 확인하고 나아가 "이생과 저승 한 바퀴 돌아온 듯한/ 부재의 기억"을 만난다. 그러니 "우린다는 건" 누군가의 부재와 그로 인한 선명한 기억을 자신의 존재조건으로 끊임없이 각인해가는 시인의 상상적 행위를 은유하는 것이다. "감출수록 먼저 드러나는 푸른 빛"(「적당히 바삭하게」)을 가슴에 안은 채 "서서히 퍼져가는 투명한 부드러움"(「싱글의 아침」)을 채워가는 시인의 모습이 아름답게 번져가는 시편이다. 그렇게 "하얀 백지 위에 수십 번 고쳐 쓰는 편지처럼"(「탈춤」) 최종녀의 시쓰기는 끝없이 이어져갈 것이다.

　이처럼 최종녀의 시는 기억과 사랑에 관한 사유와 그것의

항구화 형식으로 씌어진다. 그래서 그의 시 안에 구현된 기억은 경험적 시간 자체가 아니라 미학적으로 재구성된 작품 내적 시간의 옷을 입는다. 마치 오랜 지층에 남은 화석처럼 미학적으로 재구성된 표지(標識)로서의 사랑이 그 확연한 내질(內質)로 등장하는 것이다. 하지만 그것은 시인의 상상적 행위를 통해 재현될 뿐이다. 그래서 그의 사랑은 몸의 기억에서 발원하지만, 그가 온몸으로 견뎌야만 했던 고통스런 시간이 존재했었음을 알리는 선명한 지표로 존재한다. 고통과 상처를 실존의 불가피한 부분으로 받아들이면서 그는 매우 구체적이고 선명한 사랑 시학을 이렇게 펼쳐간다. 세계에 대해 격정적 맞섬의 태도를 가지기보다는 섬세한 증언으로 그 역설의 상황을 견뎌가는 것이다. 그렇게 최종녀 시학은 기억에 깃들인 충일과 부재의 이중적 감각에 의해 천천히 완성되어간다.

2. 삶의 경계를 넘어 숨쉴 틈을 내는 신생의 작업

그런가 하면 최종녀의 시는 삶과 죽음, 소멸과 생성이라는 분명한 대립적 사건을 통해 우리의 존재 양식을 구성하는 역설적인 원리를 제시한다. 그것들의 경계를 일관되게 해체하고 재구성해가는 그의 시선은 그 자체로 근대적 이원론에 대한 저항의 가능성을 보여주면서, 우리의 비극적 삶에 숨쉴 틈을 내는 신생의 작업을 지속적으로 수행해간다.

그러한 작업을 통해 우리는 경계를 지워가는 감각의 전회(轉回)를 경험하면서, 그 과정에서 빈번하게 나타나는 속성이 어떤 유적(遺跡)의 이미지를 환기한다는 사실과 마주치게 된다. 그 결과 시간의 마디들이 시의 행간마다 은폐되게끔 시간의 흔적을 재구성해온 시인의 감각과 사유를 우리는 감동적으로 바라보게 된다. 그 감동이 어쩌면 최종녀 시의 근저에서 출렁이는 열정과 역량의 다른 표현이기도 할 것이다.

　　엄지를 땅에 대고 검지를 반 바퀴 돌리면 반원으로 피어
　나는 작은 꽃밭, 손톱으로 작은 돌 튕겨 떨어진 곳에 선을
　긋고 세 번 안에 돌아오면 내 땅이 되듯

　꽃잎이 땅에 선을 그을 때마다
　모서리 일그러지며 모양 바뀌는 꽃밭
　채송화, 과꽃, 분꽃, 맨드라미, 샐비어
　시샘하는 만큼 진해지는 얼굴들

　아무도 모르게 줄기를 뽑아 올려
　가지 뻗고 봉오리를 터뜨리지
　진한 향기로 옅은 향 밀쳐내고
　뿌리 더 넓게 뻗어 가지

　티격태격하며 삐뚤빼뚤 커지는 영역

한 뼘이라도 더
더- 더- 더-

밟으면 보이지 않고
손으로 쓱 문지르면 사라지는
너와 나의 땅, 그 경계

허공에 떠 있다가
꽃그림자처럼 일그러지다가
날 저물면 서서히 지워진다
마음과 마음을 좀먹던 자국들

─「땅따먹기」 전문

　‘땅’은 인간 삶의 기초요 근거가 되어주는 물리적 실체이
다. 최종녀 시인은 ‘땅따먹기’라는 어린 시절의 놀이를 소환
하여 인간 삶을 은유하고 있다. 어릴 적 어린 소녀는 땅따
먹기를 통해 “반원으로 피어나는 작은 꽃밭”을 보았다. 엄
지와 검지로, 손톱으로 선을 그으면 “내 땅”을 만들 수 있었
던 시간은, “꽃잎이 땅에 선을 그을 때마다/ 모서리 일그러
지며 모양 바뀌는 꽃밭”을 닮았다. 그렇게 꽃들이 서로 줄
기를 뽑아 올려 가지를 뻗고 봉오리를 터뜨리는 과정에서
시인은 “손으로 쓱 문지르면 사라지는” 땅의 경계를 시유한
다. 허공에 떠 있다가 날이 저물면 사라져가는 “마음과 마
음을 좀먹던 자국들”이야말로 삶의 평등한 순간을 환기하

지 않는가. 이때 '땅따먹기'는 삶의 가장 적실한 은유가 된다. 최종녀 시인은 이처럼 꽃잎의 사라짐과 땅의 경계가 가지는 덧없음을 통해 시간의 흔적을 본원적으로 재구성해간다. 그렇게 우리의 삶은 "절룩거리며 흐릿하게 내게로 다가오는 길"(『사라진 길』)로 펼쳐져 있기도 하고, "허공에서 아무리 혼자여도"(『진달래 일식』) 고독한 길을 걸음으로써 "허공에 뿌려지는 잔상"(『불꽃놀이』)을 완성해가는 불가피한 수행의 통로로 나타나기도 한다. 시인이 전해주는 인생론이 가열하고 또 한층 근원적으로 다가온다.

뾰족한 걸음으로 한 발자국씩 조심스레
바짝 마른 바지락 껍질에 발이 베일까 봐

누가 지나갔는지 알 수 없는
물속에 잠긴 뭍을 따라 거슬러 올라간다

팔레트에 물감이 퍼지듯
한때 이곳에도 꽃이 번졌을 것이다
밀물과 썰물의 경계에 선을 그으며
숲이 되지 못한 바다의 사정을 더듬는다

모퉁이에 오래 서 있지 못하는 발처럼
이정표 없는 물결

눈을 감으니
바다가 움직이기 시작한다

파도는 추위를 모르고
심장 소리는 서로에게 닿지 않는다
며칠씩 앓는 아물지 않는 통증
잠시 멈춘 물의 맥박은 누구의 안부도 묻지 않는다

아랫입술을 깨물면
물새 울음소리 커지고

허공으로 부서지기 전에 돌아온 침묵

눈 깜짝하는 사이
두 쪽으로 갈라지는 바다
외발로 선 그림자, 멀어진다

—「갈라지는 바다」 전문

이번에는 '바다'이다. 시인은 한 발자국씩 조심스레 "누가 지나갔는지 알 수 없는/ 물속에 잠긴 뭍"을 따라 걷는다. 마치 "어둑해지다가 캄캄한 밤으로 빠지는 바다"(「간이역에서」)처럼 다가오는 신비로운 공간을 한 땀 한 땀 거슬러 올라감으로써 "팔레트에 물감이 퍼지듯/ 한때 이곳에도 꽃이 번졌을" 시간을 선연하게 그려본다. 어쩌면 최종녀 시인은 풍경 속에서 인생을, 정체 속에서 생명의 역동성을 생성해내는 시인일 것이다. 그렇게 "밀물과 썰물의 경계에 선을 그으며" 시인은 "숲이 되지 못한 바다의 사정"을 짐작해본다. 이정표 없는 물결을 따라 바다가 움직이기 시작하는 순간을 상상하면서 말이다. 아닌 게 아니라 시인은 "허공으로 부서지기 전에 돌아온 침묵"을 만나는 순간, 마치 모세의 홍해처럼, 두 쪽으로 갈라지는 바다를 "외발로 선 그림자"처럼 멀어지는 바다를, 자신의 내면으로 힘껏 받아들인다. 이때 '갈라지는 바다'는, 땅과 땅의 경계가 허물어지는 것처럼, 밀물과 썰물의 경계를 넘어, 삶을 "묵언 수행하는 숲 그림자"(「적멸보궁 가는 길」)이자 "혹독한 한기를 견뎌낸 눈물"(「고드름」)로 수납해가는 시인의 넉넉함 품을 보여준다. 그만큼 그의 시에서 모든 경계는 허물어지고, 한편으로는 꽃잎처럼 사라지고 한편으로는 바다처럼 갈라지는 생명력을 가득 품게 된다.

최종녀의 시는 언어의 표층 차원에서 포착 가능한 전언(傳言)이 잘 발견되지 않지만, 이렇게 그 의미론적 경계를 넘어서는 순간을 통해 실재와 상상의 영역을 가르는 가열한 이미지를 보여준다. 그래서 그의 시편 속에 들어앉은 사물들은 대부분 그 사실적 외관이 충실하게 묘사되지 않지만, 그 이면에 시인의 남다른 경험이나 감각을 환기하는 비유의 그림자를 거느리고 있다. 따라서 그는 시를 통해 직접 관념으로 달려가는 것에 대해 본능에 가까운 거부감을 가지고 있고, 그만큼 사물과 경험을 유추적으로 결합하면서 그 과정에서 발생하는 사물과 주체 간의 불화 내지는 균열 형상을 포착하는 데 매진해간다. 그러한 형상을 통해서만 그는 자신의 기억과 감각과 사유를 발화하고 표상한다. 그래서 독자들은 시인이 세계내적 존재로서 견지하는 세계 이해 방식과 간접적으로 만나면서 경험적 직접성보다는 상상적 관념과 형이상학을 견고하게 결합하는 작법(作法)을 만나게 된다. 이때 그의 시는 전통적 서정과 결별하면서, 사물에 대한 기억을 선명하게 재생하기보다는 열정을 잉태하면서도 소멸의 기운 앞에 놓인 아슬한 실존을 함축하게 된다. 그것은 삶의 경계를 넘어 모든 이분법을 허물어뜨리는, 우리 삶에 숨쉴 틈을 내어주는 신생의 작업이 되는 셈이다.

3. 시원의 시공간에서 만나는 고요의 신성(神聖)

다음으로 우리는 최종녀의 시가 우뚝하게 거느린 일종의 종교적 상상력과 만나게 된다. 일찍이 데리다(J. Derrida)는 "절대적 의미란 실제로 인지할 수 있는 것이 아니라 그 절대적 의미를 찾고자 끊임없이 되풀이된 욕망들의 흔적으로만 존재할 뿐"이라고 말한 바 있다. 이는 인간의 노력으로는 객관적 실재를 찾아낼 수 없다는 한계 상황을 암시하면서, 그럼에도 불구하고 끊임없이 그 안에 흔적으로 숨쉬는 의미를 사랑하지 않고는 견딜 수 없는 인간 실존에 대해 슬픔을 느끼게 해준다. 최종녀의 시는 이러한 인간의 제한적

인 사랑의 존재론에서 발원하는 세계로서, 그는 객관적 실
재보다는 후경(後景)처럼 두른 소멸의 흔적을 통해 삶의 본
원적인 한계랄까 모순이랄까 하는 것들을 상상적으로 견디
고 치유하려 하는 묵시록적 비전의 시인으로 우리에게 다가
오고 있다. 다음 작품을 읽어보자.

　　광장을 출렁이는 고함 미너렛 첨탑에서 터져 나온다 느
려지는 발걸음이 고개를 들면 사라지는 그 울림, 멈칫

　　다듬어지지 않은 그 소리 보스포루스 해협 물결 속 어둠
으로 빠져들다가 새벽을 깨운다 아무 일 없었던 듯 하지만
결코 사라지지 않을

　　이쪽에서 이슬람 기도시간을 알리며 악을 쓰면 블루 모
스크 저쪽에서 받아치는 메아리, 돔을 붉게 적시다가 군옥
수수처럼 거뭇거뭇 노랗게 익다가 터키 아이스크림처럼 쫄
깃하게 흘러내린다

　　커다란 곡선 그리듯 등고선을 넘나드는 음성은 각이 없
다

　　들여다볼 수 없는 표정
　　쓰지도 달지도 않은 맛

아야소피아의 둥근 돔을 감싸며 알 수 없는 세계로 빠
져드는
종착역이 없는 소리

난간에 걸쳐 있는 하루하루
무심히 구겨 버린 종이쪽 같은 화해를 위해
모스크 앞에서 손과 발을 닦는 사람들

아잔의 여운은 서서히 가라앉는다

—「아잔」 전문

‘아잔’이란 이슬람 사원에서 기도 시간을 알리는 외침 소리를 뜻한다. 그 "광장을 출렁이는 고함"을 느려지는 발걸음으로 들으면서 시인은 "사라지는 그 울림"을 느낀다. 신성(神聖)의 현현(顯現)과 동시적 사라짐, "다듬어지지 않은 그 소리"가 새벽을 깨우는 순간에 "결코 사라지지 않을" 그 무엇을 안아들인 것이다. 이쪽에서 알리는 기도시간과 저쪽에서 받아치는 메아리는 바로 그 신성함의 궤적일 것이다. 그렇게 "커다란 곡선 그리듯 등고선을 넘나드는 음성"이 시인의 마음에 다가와 "아야소피아의 둥근 돔을 감싸며 알 수 없는 세계로 빠져드는" 과정은 그 자체로 "종착역이 없는 소리"에 가닿는 시인 스스로의 신성한 여정을 함축하는 것일 터이다. "모스크 앞에서 손과 발을 닦는 사람들"이 남겨준 "아잔의 여운"이 가라앉으면서 시인도 하루의 화해를 위해

한 걸음을 또 내딛는 장면이 다가오고 있다. 그렇게 시인은 "풍경소리가 닿아 흔들리는 곳"(「하늘 끝」)이나 "빛의 각도에 따라 정체성을 바꾸는 윤곽"(「궁금하다」)을 따라가면서 "세상을 견디다 기어이 정수리가 터져버릴 그 순간을 기다리는 고요"(「침묵」)와 "축축한 느낌으로 가늘게 떨리는 고요"(「비 오는 날」)를 동시에 누리고 있다. 융융하고 중중하게 다가오는 그만의 순간이 아닐 수 없다.

　　저녁 빛이 물든 히말라야
　　주황의 옷자락이 바람에 흔들리고
　　색색의 천으로 천정을 드리운 요가 스튜디오

　　어느 틈엔가 들어온 벌레
　　나마스떼로 합장하고
　　요기들의 기(氣)는 정수리로 모이는데
　　소리 없이 정전이 찾아온다

　　찰나의 침묵

　　하나둘 켜지는 촛불
　　차크라가 불빛 따라 춤추는 영혼들 불러 모은다

　　구겨진 그림자
　　흐르는 촛농

너그러워진 눈동자는
삐뚤어진 동작도 찾아내지 못하고

흔들리는 심지 속에서
빗방울이 메리골드 꽃잎 사이로 리듬을 타는데

흐르는 호흡 사이 미끄러지는 기억 하나 붙잡으려
등이 젖은 누군가
사마스티티(Samasthiti)로 선 전봇대에 올라
수신기 뚜껑을 들어 올린다

얼굴에는 환한 불빛
나마스떼

—「잠시 당신의 불을 꺼 두세요」 전문

　　시인의 발길이 향한 '네팔'은 '잠시 당신의 불을 꺼 두세요'라는 제목을 충족시키는 그야말로 시원(始原)의 땅이다. 서서히 저물어가는 시간, "저녁 빛이 물든 히말라야"를 배경으로 하여 시인은 "색색의 천으로 천정을 드리운 요가 스튜디오"에 있다. 온갖 생명체들이 '나마스떼'로 합장을 한 채 찾아온 정전(停電)의 순간에 시인은 "찰나의 침묵"을 만끽한다. 하나둘씩 켜지는 촛불과 불빛 따라 춤추는 영혼들이 앙상블을 이루면서 이곳의 고요한 신성은 최대치로 부풀어간다. "흔들리는 심지"와 "흐르는 호흡"의 사이에서 시인은 "미끄러지는 기억 하나"를 붙잡으려 한다. 바로 그때 빗속을 뚫고 누군가 전봇대에 올라 수신기 뚜껑을 들어 올린다. 다시 찾아온 "환한 불빛"이 침묵과 어둠이 품고 있었을 소리와 빛을 보여준다. 그렇게 최종녀 시인은 "자유롭고 싶은 천성"(「관계」)과 "누가 손잡아도 두근거리지 않던 심장"(「어떤 사랑」)을 열망하면서, 모든 경계가 사라진 시공간에서 "속은 비밀스럽고 겉은 반짝이는 얼굴"(「포장 에비뉴」)을 완성해간다. 그렇게 잠시 꺼둔 "당신의 불"이 새로운 불을 더욱 환하게 켜준 것이다. 그렇듯 시인은 고요하기 이를 데 없는 시공간에서 무량한 시간의 반복 속에 고단한 삶이 무르녹아 있음을 말한다. 말할 것도 없이, 모든 사물은 일정한 시공간 속에서 존재하다가 그 물리적 유한성으로 말미암아 필연적으로 사라져간다. 그 어떤 사물이나 현상도 어떤 곳에 순간적으로 존재했던 것에 지나지 않는 것이다. '아잔'이나 '네팔'처럼 시원의 기운이 무르녹아 있는 이미지조차 우리 기억 속에 웅크리고 있는 불모와 폐허의 이미지를 담고 있을 뿐인데, 시인은 이러한 기억들을 신성의 원질(原質)로 펼쳐간 것이다. 여기서 궁극적으로 그가 추구하는 지표는 정신적 고처(高處)이자 일종의 고요한 신성임을 우리는 알게 된다.

지금 우리는 인류가 공들여 축적해왔던 중심적 가치는 물론, 암묵적으로 합의해왔던 인접 가치까지도 폭력적으로 폐기되는 시대에 살고 있다. 이 모두가 교환가치가 본질을 대신하는 사회로 우리가 당당하게 진입해왔음을 알려주는 것인데, 대부분의 시에서 그것은 문명 비판이나 자연 및 영성에 대한 강조로 흔히 나타난다. 이러한 것이 시의 본래적 기능 곧 지각의 갱신을 통한 새로운 가치의 지향이라는 몫일 것이다. 최종녀의 시는 지각의 갱신을 통해 사물의 의미와 본질을 재발견하면서, 본질적 가치에 대한 형이상학적 자각을 시세계의 깊숙한 중심으로 삼아간 경우이다. 그의 시 안에서 모든 사물이나 순간은 "순서를 잃은 자음과 모음"(『레몬 향과 실마리』)을 넘어 "단식하며 석 달을 버티는 연등처럼"(『고요 속으로 1』) 고요해진다. 시원의 시공간에서 만나는 고요의 신성이 바로 그 결과일 것이기 때문이다.

4. 어둑한 세계로부터 탈영토화해가는 언어

대체로 서정시에서의 시간이란 누구에게나 공정하게 주어진 실체로 여겨지기 쉽지만, 그것은 주체의 내면 안에 지속되는 어떤 흐름으로만 경험되는 주관적 실체일 것이다. 따라서 사람들은 모두 자신만의 시간 단위를 내적으로 가지고 있으며, 그것은 주체가 처한 실존적 상황에 의해 끊임없이 현재화되게 마련이다. 그래서 시인들은 자신이 몸에 새긴 수많은 흔적을 통해 시간의 불가역성(不可逆性)과 그것을 초월하려는 상상적 모험을 동시에 보여주게 된다. 그 가운데 가장 깊이 기억되는 것은 아무래도 자신의 존재론적 기원을 심미적으로 상상하는 신성한 순간일 것이다. 이

는 인간의 행과 불행을 가능하게 하는 원천으로서의 '기원(
起源)'이 그 순간에 작용하기 때문인데, 이처럼 일종의 원체
험으로서의 존재론적 기원은 인간 경험 가운데 모든 관계
를 생성하는 가장 선명한 지점으로 다가온다. 최종녀 시인
은 활달한 상상력으로 이러한 지점을 적극 예비하면서 새
로운 시적 권역을 일구어내고 있다. 전통 서정이나 리얼리
즘에 대한 관심보다는, 주체가 세계를 전유하고 구성해가
는 생성적 질서를 존중하는 마음이 그의 시에 깊이 반영되
어 있는 것이다.

　주체의 확실성을 부정하고 해체하려는 움직임이 구체화
된 것이 말하자면 각양각색의 포스트 담론이었을 것이다.
이는 그동안의 주류 시학에 대한 균형 감각 회복의 방편으
로 제출된 것인데, 과학성과 합리성을 근간으로 하는 도구
적 이성에 대한 반성적 화두를 던진 것이기도 하다. 또한
우리는 디지털 시대의 주류화 그리고 그 무반성적 확산을
강도 높게 경험하면서, 그동안 인류 역사를 생성시키고 축
적해왔던 아날로그 식의 인식이나 행위, 감성 모두를 순식
간에 낡은 것으로 만들며 질주해가는 저 '파시스트적 속도'
를 속수무책으로 경험하고 있다. 그야말로 시간이 육체를
가진 물질이 아닌가 하는 생각이 들 정도로 체감도가 크다.
이러한 동시대적 속성을 거스르면서 최종녀 시인은 그러한
사실에 대한 엄정한 자각을 통해 어둑한 세계로부터 탈영토
화할 수 있는 자신만의 역량을 마련하였고 이렇게 선명하게
보여주었다. 이러한 측면에서 그의 시는 가장 신비롭고 현

재진행형인 사건이자 징후이자 흔적으로 우리에게 다가오
고 있다. 이처럼 삶의 근원을 궁구하면서 신성으로 나아가
는 탈영토화의 서정을 최대치로 보여준 최종녀의 첫 시집이
우리 시대의 과제를 실천하고 구체화한 문학사적 실례로 널
리 읽히기를 마음 깊이 소망해본다.